天使《てんし》の梯子《はしご》

成本和子《なるもとかずこ》 詩集
阿見みどり 絵

JUNIOR POEM SERIES

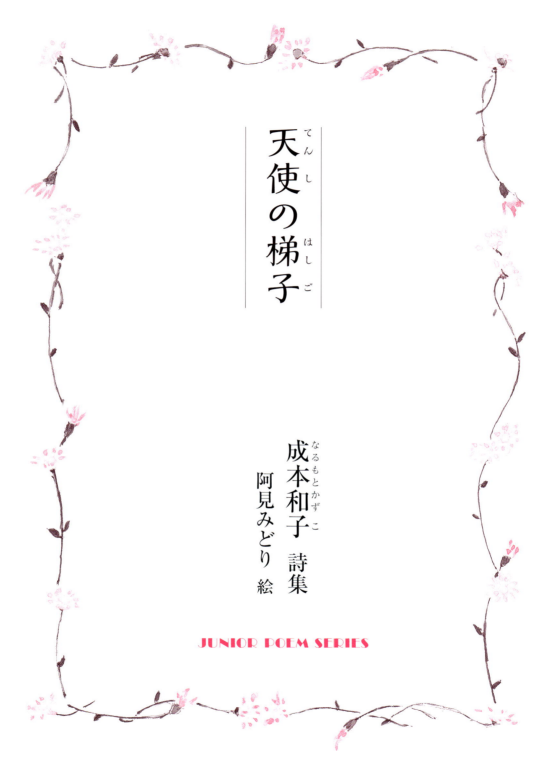

もくじ

Ⅰ　はくしゅで　いっぱいぱい

Ⅱ　言葉《ことば》のブーケ

Ⅲ　露祭《つゆまつ》り

I

はくしゅで　いっぱいぱい

あかちゃんがかいた　まるまるまる

あかちゃんがかいた
まるまるまる
あかいクレヨンもって
はじめてかいた
くるくるまる

そうよ　そうよ
ママのかお
せかいで
いちばん　やさしい

ママのかお

あかちゃんがかいた
まるまるまる
あかいクレヨンもって
はじめてかいた
くるくるまる

そうよ　そうよ
おひさま
せかいで
いちばん　げんきな
おひさま

へんしん　だんごむしさん

もじゃもじゃ　だんごむしさん
あし　なんぼん？
おしえてねっていったら
あしをかくして
まめつぶボールにへんしん！
ころ　ころ　ころん

もじゅもじゅ　だんごむしさん
おくちは　どこ？
おしえてねっていったら

おくちかくして
まめつぶボールにへんしん！
ころ　ころ　ころん

もじょもじょ　だんごむしさん
しっぽあるの？
おしえてねっていったら
しっぽさがして
まめつぶボールにへんしん！
ころ　ころ　ころん

ななつ　やっつ　かぞえるうちに
もとの　だんごむしさんになあれ

ひかりの　おいわい

ミミズの赤《あか》ちゃん　うまれたよ
ふかふかやわらか土《つち》のなか
おいわいにきたのは　だあれ
ヘビさんよ
はやく大《おお》きくなあれ
いっしょにおさんぽいきたいな

メダカの赤ちゃん　うまれたよ
さらさらながれる水《みず》のなか
おいわいにきたのは　だあれ
フナさんよ

はやく大きくなあれ
いっしょにすいすいおよごうね

スズメの赤ちゃん　うまれたよ
ほかほかあったか屋根《やね》のなか
おいわいにきたのは　だあれ
ハトさんよ
はやく大きくなあれ
いっしょにおそらをとびたいな

これをみていた　おてんとさま
ぱあっとそそいだ
ひかりの　おいわい
おめでとう！

おほしさま　きらきら　ひかるよる

ありさんが　ゆめをみた
おほしさま　きらきら　ひかるよる
でっかい　でっかい　ゆめをみた
おひげ　ぴくぴくふりながら
はっけ　はっけ　はっけよい
ぞうさんと　おすもう　とったゆめ

それで　それで　どちらがかった？
ぞうさん　ころんで　ありさん　かった

ああ　おどろいた　おどろいた

ぞうさんが　ゆめをみた
おほしさま　きらきら　ひかるよる
ちっちゃな　ちっちゃな　ゆめをみた
しっぽ　ぴんぴんふりながら
あっぷ　あっぷ　あっぷっぷ
ありさんと　にらめっこ　したゆめ

それで　それで　どちらがかった？
ありさん　わらって　ぞうさん　かった
ああ　おあいこだ　おあいこだ

こねこの　おめんつけたなら

こねこの　おめんつけたなら
こねこのきもちに　なっちゃうよ
なーぜかな
あまえんぼうに　なっちゃうよ
ひーげが　ぴっ　しっぽが　くるん
ほーらね
パパのおひざに　のっちゃった

きつねの　おめんつけたなら
きつねのきもちに　なっちゃうよ

なーぜかな
へんしんしたく　なっちゃうよ
みーみが　ぴっ　しっぽが　くるん
ほーらね
どこかのだれかさんに　ばけちゃった

こぶたの　おめんつけたなら
こぶたのきもちに　なっちゃうよ
なーぜかな
おひとよしさんに　なっちゃうよ
はーなが　ぴっ　しっぽが　くるん
ほーらね
ママといっしょに　わらっちゃった

ねこは　まほうつかいかな

ねこは　まほうつかいかな
お月《つき》さまを　ちっちゃく　ちっちゃく
まっくろくろにして
目《め》のなかへ　とじこめているんだもの

ねこは　まほうつかいかな
耳《みみ》のアンテナ　ぴりりとたてて
まほうのくにからの　しんごうを
いまか　いまかと　まっているんだもの

ねこは　やっぱり　まほうつかいだよ
ぐっすり　ねむっているときだって
くちひげ　ぴくぴくうごかして
くちを　ちゅっちゅっとうごかして
ゆめのなかでも
おまじない　となえているんだもの

さわってみたいな

さわってみたいな
ちょうちょうさんのストロー
おいしいみつの　かおってる
ほそい　ほそい　くるくるストロー
でもでも　こわれそうで　さわれない

さわってみたいな
きりんさんのまつげ
やさしいかぜの　やすんでる

ほそい　ほそい　ふるふるまつげ
でもでも　わたしのゆびは　とどかない

さわってみたいな
みずいろガラス　はるのそら
あれあれ　わたしのひとみは　さわれたよ

かみさま　おしえて

おひさま　おつきさま　おほしさま
あんなに　とおくにあっても
目《め》に見《み》えるのに
どうして　いちばん　ちかくにある
じぶんの　こころって見えないの？

もしかして
じぶんに見えてしまったら
こわくって　はずかしくって　かなしくって
こわれてしまうから？
いちばん　たいせつなものだから

かみさまが　目には見えないように
オブラードで　つつんでしまったの？

でも　もしかして
目をつむり　耳《みみ》をすまして
こころを　みずうみのように
すましていたら
ほんとうの　こころの声《こえ》が
聞《き》こえてくるかしら

どこかに　きっと　いらっしゃる
ほんとうの　かみさま
おしえてください

しろい　こねこ

のはらは　とまどった
ひろい　むねのなかに
なきさけぶ　しろい　こねこを
あずけるように
ぽつんと　おかれて

月《つき》のひかりをあびた
ねこじゃらしの
ほさきをゆらし

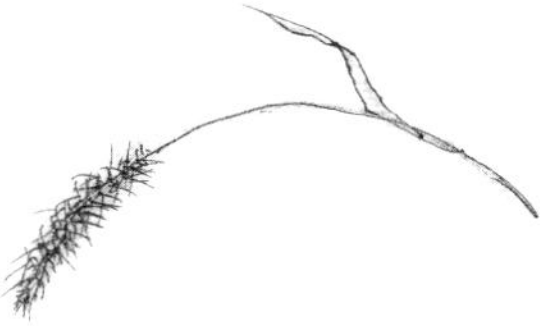

あやしてみたけれど
こねこの目《め》は
うるむばかり

のはらは　だきしめつづけている
夜《よ》どおし　ないて
しんと　しずかになった
つめたいからだを
しろい　こねこが
ひとひらの　すずやかな風《かぜ》に
かえるまで――

もしも　もしも

もしも　もしも　どんぐりさんが
ちいさな　ちいさな　たまごだったなら
どんな　ことりさん　うまれるかな
どんぐりいろした　あたまをふって
くりくりくりくりって　うたうかな

もしも　もしも　そらまめさんが
ちいさな　ちいさな　たまごだったなら
どんな　ことりさん　うまれるかな

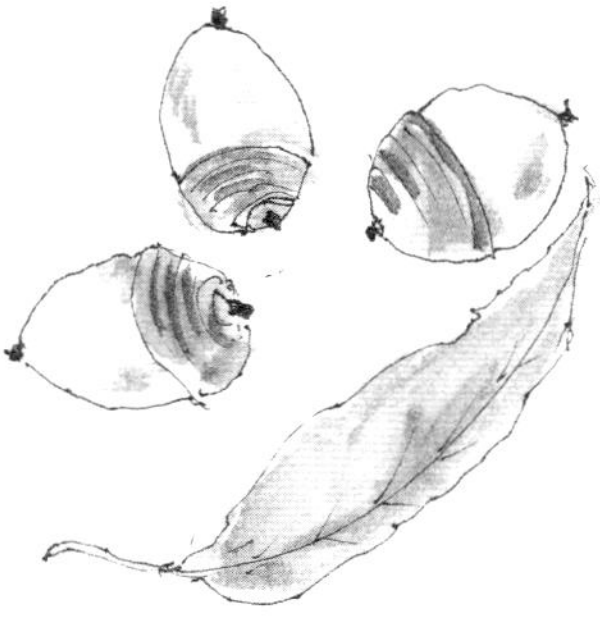

そらまめいろした　おっぽをふって
そらそらそらって　うたうかな

もしも　もしも　わたしのゆめが
ちいさな　ちいさな　たまごだったなら
どんな　ことりさん　うまれるかな
うすももいろした　はねをふって
ゆめゆめゆめって　うたうといいな

のはらの　おはなし

みちの　はしっこ
ほわぁと　さいた
タンポポ　ひとつ
ちいさな　ともしび
ここが　のはらだった
あかしのように

みちの　はしっこ
すくっと　のびた
ツクシ　いっぽん

ちいさな　たてふだ
ここが　のはらだった
しるしのように

ひとひら　ふたひら
まいながら
あいにきたのは
モンシロチョウチョ

どんな　おはなし
するのかな
わたしも　ききたい
のはらの　おはなし

はくしゅで　いっぱいぱい

ひとつ　ふたつ　みっつ
つみきが　つめたよ
はじめて　つめたよ
まあ　おじょうず　おじょうずね
ママも　にっこり　ぱちぱちぱち
ぷっくり　おてて
あかちゃんも　はくしゅ
かわいい音《おと》が　ひびいたよ
ひとつ　ふたつ　みっつ

ラッパが　なったよ
はじめて　なったよ
やあ　おじょうず　おじょうずだ
パパも　にっこり　ぱちぱちぱち
ぷっくり　おてて
あかちゃんも　はくしゅ
げんきな音が　ひびいたよ

あかちゃんの　いちにち
はくしゅで　いっぱい
みんな　いっしょに
はくしゅで　いっぱいぱい

Ⅱ　言葉《ことば》のブーケ

黄蝶《きちょう》

そよ風のなかを泳《およ》いできたように
黄蝶が止《と》まった
ひだりの肩《かた》へふうわりと
さっきローズマリーの木にふれたから
香《かお》りがうつっていたのかしら

うすむらさきの花いろは
香りの精《せい》にさそわれ
胸《むね》のなかをただよって
肩によみがえる
母の手のしたわしさ

このごろ　こころがさまよい
振《ふ》り子《こ》のようにゆれるのを
鎮《しず》めようと気遣《きづか》って
会《あ》いにきてくれたのかしら
きょうは黄蝶のすがたとなって

そっと肩からはなれた黄蝶
春《はる》のたゆたう
ひかりのなかを
ひらひらひらと舞《ま》いあがる
ほのかな香りの余韻《よいん》をのこして

ユキノシタの花

おそろいの
赤い水玉《みずたま》もようのボンネットに
はつなつの
すき通《とお》ったひかりをうけ
花の少女《しょうじょ》たち歌《うた》ってる
はじらいをふくんだつぼみのときの
秘《ひ》めた想《おも》いを

おそろいの
白《しろ》いシフォンのパンタロンを
はつなつの
清《きよ》らかなかぜになびかせ
花の少女たち踊《おど》ってる
はなびらを解《と》き放《はな》ったときの
ときめきを

ユキノシタの花のように
かろやかに
ひそやかに
こころ　ゆらすことができたなら

たけのこ

こんなにも　きちんと
いちまい　いちまい
衿《えり》もとをととのえて
ビロードの着物《きもの》を
きせたのは　だれかしら

からだのなかには
たいせつにしまわれている
天《てん》へ向《む》かってのびてゆく

魔法《まほう》のはしご
しっかりと用意《ようい》されている
大地《だいち》に根《ね》をはる
幾百《いくひゃく》という赤いビーズ玉《だま》の根《ね》
この　まっすぐで強い
青い竹になるエネルギー

生《い》きものの匂《にお》いを放《はな》つ
たけのこの皮《かわ》をむくとき
なんだか恐《こわ》い
じぶんの手が
まるで追《お》いはぎでもしているような――

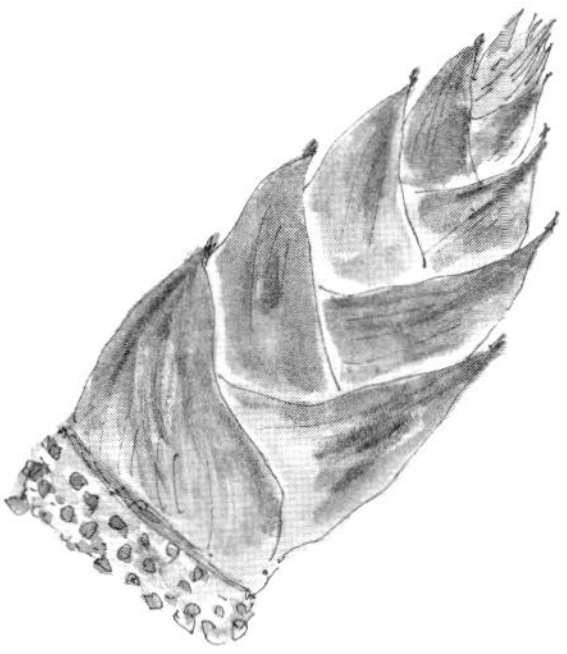

まひるの野原《のはら》

風もおひるねしている
まひるの野原から聞《き》こえてくる
しゃぼんのあわのはじけるような
かすかな音《おと》
　　　パチ
パチ
　　　　　パチ
ヒメジョオンの花から
生《う》まれた妖精《ようせい》たち

カヤツリ草《ぐさ》の穂《ほ》を手に手に持《も》って
線香花火《せんこうはなび》をしている音かしら
　パチ
パチ
　　パチ
クローバーの花から
生まれた妖精たちも集《あつ》まって
マジックショーをしている
かわいい拍手《はくしゅ》の音かしら
　パチ
パチ
　　パチ

あっ　わかったよ　みつけたよ
カラスノエンドウのはじける音
ひとつぶ　ひとつぶの　うれた実《み》が
じぶんのちからで旅立《たびだ》つ音

音のさざなみ　ひたひたと
わたしの胸にも寄《よ》せてくる
さあ　新しい世界《せかい》へはばたいてゆこう

ハグロトンボ

ナンテンの葉《は》かげに止《と》まった
ほっそりほそいハグロトンボ

ゆっくり羽《はね》を開《ひら》いてゆく
あっ　かわいいリボンに
なったとおもったら
パチッと羽を閉《と》じた

いち　に　さん　パチッ
いち　に　さん　パチッ
いち　に　さん　パチッ
くりかえす

ここちよい四拍子《よんびょうし》のリズム
ともだちを呼《よ》んでいるの
ここへいるよって
かみさまに伝《つた》えているの
きょうも生《い》きているよって

じっとながめて
みとれていると
ナンテンの白い花びら
はらはらはらりと降《ふ》りかかる

梅雨《つゆ》上《あ》がる日の
しずかな昼《ひる》さがり

夏《なつ》もよう

フウセンカズラの　まるい実《み》は
みどりの　ふうりん
さそってる　さそってる
ゆ～らり　ゆ～らり　ゆれて
すずかぜさんを呼《よ》んでます
　とんぼは　すいーととんでます

フウセンカズラの　まるい実は
みどりの　おてだま

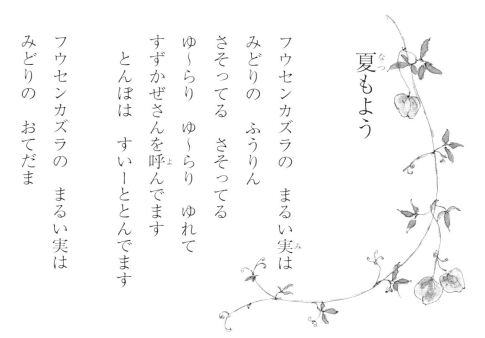

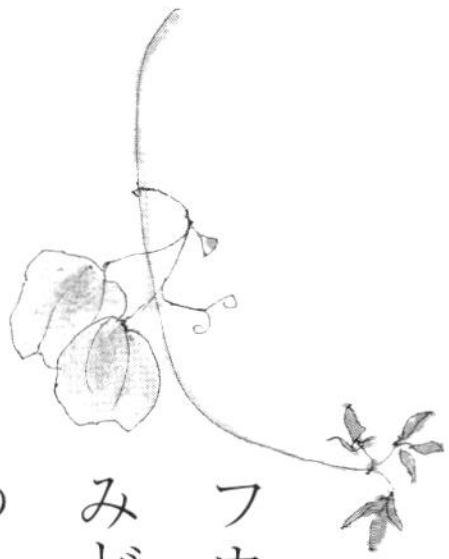

おどってる　おどってる
ゆ～らり　ゆ～らり　ゆれて
すずかぜさんと遊《あそ》んでます
こねこは　おひるねはじめます

フウセンカズラの　まるい実は
みどりの　ふりこ
ゆめみてる　ゆめみてる
ゆ～らり　ゆ～らり　ゆれて
すずかぜさんと歌《うた》ってます
わたしは　すいかをいただきます

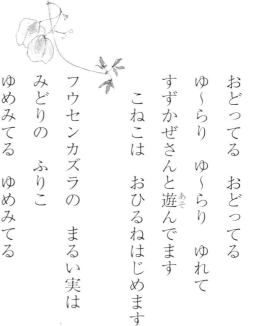

ハゼの子　いっぴき

ハゼの子　いっぴき
どこへいってしまったの

さかな屋《や》の店《みせ》さき
こぼれて落《お》ちたハゼの子
すきとおったひれを振《ふ》ってはみたが
水は遠《とお》い　はるかに遠い
苦《くる》しい息《いき》を吸《す》ってはみたが
海へはかえれない

はねて　はねて
泥《どろ》にまみれ
人の足にふまれて
ハゼの子は消《き》えてしまった
あとかたもなく
おいしいごちそうにもなれないまま

ハゼの子　いっぴき
どこへいってしまったの

まんまるい目が
わたしの胸のなか
かすかな光《ひか》りを放《はな》つ

しずかに秋《あき》は

へちまののびすぎたつる
吹《ふ》く風にとまどいながら
ゆくてをさぐっている

きのう咲いた朝顔《あさがお》の花
しおれつつも抱《だ》きしめている
つなぐいのちをいとしむように
小石《こいし》のかげでちりちりと

にぶく光るトカゲのしっぽ
さがしているのか　はぐれたじぶんを

やぶれた網《あみ》をかついで通《とお》りすぎる
麦《むぎ》わら帽子《ぼうし》の男の子
手のなかにジリジリと蝉《せみ》をなかせて

ほわほわと白い雲がながれゆく
ゆき合《あ》いの空を見上《みあ》げると
しずかに秋は近《ちか》づいてくる

樹《き》の葉《は》のなかに

聴《き》いてごらん　耳にあてて
今《いま》　ひらり舞《ま》い散《ち》ってきた
いちまいの樹の葉
眼《め》をとじて　そっと　そ〜っと

かすかに　とどいてくる
さっ　さっ　しゅしゅしゅ
さっ　さっ　しゅしゅしゅ

とじた瞳《ひとみ》の奥《おく》から

浮かび上がってくる
赤ちゃんの小指《こゆび》より
まだまだ小さなおじいさん
木の箱《はこ》をいっしんにみがいている音

風の音とひびき合い
さっ　さっ　しゅしゅしゅ
さっ　さっ　しゅしゅしゅしゅ

何《なに》を入れる箱かしら
赤ちゃんのおへその緒《お》を納《おさ》める箱かしら
それとも　それとも……

まぶたのシャッター

つきみそうの　はなかげに
きいろい　ちょうちょ　とまってる
かぼそいあしで　とまってる
あきの　ちょうちょ
ちいさな　ちょうちょ

きのうの　たいふう
こわかったでしょ

つきみそうの　はなかげに

きいろい　ちょうちょ　ねむってる
はねをたたんで　ねむってる
あきの　ちょうちょ
ちいさな　ちょうちょ

おはじきほどのはね
だいじょうぶだったのね

みている　わたし
そっと　おしたよ
まぶたのシャッター
カシャリ！

たこ大根《だいこん》

おじいちゃんといっしょに
土《つち》の匂《にお》いをかぎながら畑《はたけ》を耕《たがや》し
大根の茶《ちゃ》いろい種《たね》をまき
じょうろできれいな水を注《そそ》いだ

ちょうちょのかたちのふた葉《ば》
やわらかな大根の赤んぼう
コオロギにかじられないように
ヨトウムシに切られないようにと
おまじない言葉《ことば》をつぶやいた

お日さまのひかりを浴《あ》びて
ぐんぐん　ぐーん
めぐみの雨の音楽《おんがく》きいて
しゃきっ　しゃきっ　しゃきっ
葉っぱは　みどりの噴水《ふんすい》だ

ふろふき大根つくるからと
おばあちゃんにたのまれて
いっぽん　ひき抜《ぬ》いた
あっ　根っこが　たくさん
今にも足をふり　おどりだしそう
一本　二本　三本……

わぁ　八本《はちほん》　たこ大根だぁ
――これはな　ユーモアのある
　土神《つちがみ》さんのみごとなアート作品《さくひん》だな――
おじいちゃんと大笑《おおわら》い
声のなみ　畑いっぱいに広がってゆく

言葉《ことば》のブーケ

きょうの暮《く》らしのなかから
小さな喜《よろこ》びの種《たね》を見つけたい
クローバーのむらがりのなか
幸《しあわ》せの四《よ》つ葉《ば》をさがすように

赤ちゃんのころ使《つか》っていたお茶わん
のぼる朝日《あさひ》とはばたくニワトリの絵《え》
マンマウマウマの声があふれてくる
両手《りょうて》につつんでいのちを愛《め》でる

おかあさんが作ってくれた

アップリケのついたスカート
スミレ　タンポポ　ツクシンボ
そよ風吹いてぱあっと広がるスカートの野原《のはら》

草のぼりしてるテントウムシダマシさんの
ないしょの声が聞こえたよ
ワタクシ　ダレモダマシテイマセン
ケッシテ　ニセモノデハアリマセン

まわりは夕ぐれ　すずめ色《いろ》どき
七羽《ななわ》のすずめが集まって
ゆうべのお祈《いの》りはじまった
チュチュチュンチチチジュジュジュジュジュジュン

スイセンの香《かお》り　ほわほわのなつかしさ
ねえ　おかあさん
わたしの生まれた冬《ふゆ》の部屋《へや》に
この花　飾《かざ》ってあったでしょ

胸のなかからあふれた言葉の花
光を浴《あ》び　闇《やみ》を吸いこみ　磨《みが》かれてゆく
だれにも　うばわれることのない
こころのなかで永遠《えいえん》にきらめきつづける

Ⅲ

露《つゆ》祭り

ニオイスミレの花いちりん

ニオイスミレの花いちりん
咲いたよ窓辺《まどべ》の植木鉢《うえきばち》に
春のはじめの朝空《あさぞら》から
ルリシジミチョウひらり舞《ま》いおりて
わたしの胸に止まったように

ハートのかたちの葉っぱにくるまれ
りりしい姿《すがた》で咲いている
こねこもゆらりと寄《よ》ってきて
チョコレートいろの鼻《はな》のさき

ふふっとくっつけ息を吸う

この世で起こる悲しみのかずかず
身《み》にしみる時のなか
鎮《しず》めるように
祈《いの》るように
咲いたニオイスミレの花いちりん

胸に深く吸い込《こ》むと
ほのかな香《かお》りの魔法《まほう》につつまれて
きのうより少し新しくなったこころ
たったいちりんの小さな花に
きょう生《い》きて在《あ》ることの意味《いみ》を問いかける

青空《あおぞら》をバックに

生まれて間《ま》もないクモの子
白くひかる糸《いと》を出し
巣《す》を張《は》ってゆく
絹《きぬ》の糸よりまだほそい足
ぴょくぴょくはねながら
このすがたのユーモラスなこと

じぶんの身《み》に合う
銀貨《ぎんか》ほどのちいさな網《あみ》
風にふうとゆらいでも

巣のまんまんなかに
ふんばっている
八本《はちほん》の足で　どうどうと

生《い》きてゆくための
きょう　いちにちの
たべものをもとめて
あせらず　あきらめず
精《せい》いっぱい今を生きている
けなげなクモの子よ

るり色の鳥《とり》になって

おかあさんの編《あ》んでくれた
形見《かたみ》のストール
肩《かた》にかけると
ふわっと　かるくなり
わたしはるり色の鳥になって
おかあさんに会いにいけそうです

きれいに揃《そろ》った
編み目のなかから
香《かお》りかすかにただよって
かるい　かるい姿《すがた》となった

おかあさんの声も聞こえてきます

おかあさんの編んでくれた
形見のストール
頬《ほお》によせると
ふわっと　かるくなり
わたしはるり色の鳥になって
おかあさんを胸に抱《だ》けそうです

こんなにも
こんなにも
近くにいたのですね
おかあさん　おかあさん

花の声

暮《く》れゆく街《まち》のれんが道《みち》に
落ちている一本《いっぽん》の薔薇《ばら》の花
ひとかけらの夕やけが
ほろりとこぼれたように

華《はな》やかなコンサートの
ステージで手渡《てわた》されるはずの
お祝いの花束から
抜け落ちたのかしら

通り過ぎる人の靴《くつ》に
ふまれそうになる薔薇を
思わず掬《すく》い上げると
あっと耳にひびいた花の声

レースのハンカチにくるんで持《も》ち帰《かえ》り
青いグラスに飾《かざ》ると
薔薇は赤くかがやいて
自《みずか》らの花の運命《うんめい》を語《かた》りはじめる

ガラスの魚《さかな》

ショーウインドーのなかの
透《す》き通《とお》ったガラスの魚に
呼び止められた

もしもし　私《わたくし》を
泳がせてください
夜明《よあ》けの海に
あなたのなかで
凍《こお》ったことばが
そのとき　溶《と》けはじめるでしょう

わたしは　はじめて気づいた
胸に封《ふう》じてしまったことばが
青くふるえる鰭《ひれ》をつけた
いっぴきの魚になっていたことに

葉かげの祈《いの》り

フウセンカズラの白い花咲く葉かげ
ほっそり若いカマキリいっぴき
ひそやかに口を動かしている

あおいちいさなバッタを
いとしむように抱《だ》きかかえ
空のかなたを仰《あお》ぎ見たまま

ここには　いのちをいただくものと

捧《ささ》げるものとのへだたりもない
一幕《ひとまく》の無言劇《むごんげき》

ああ　食《しょく》するということは
このように荘厳《そうごん》な儀式《ぎしき》だったのか

バッタのすがたは消えても
カマキリは身動《みうご》きもしないで
ふたつの手を合わせ祈っている
エメラルド色の眼《め》を空に向けたまま

黄色《きいろ》いえんぴつ

うっすらと夕日をうけ
ベンチへぽつんと転《ころ》がっている
芯《しん》の折《お》れた黄色いえんぴつ

だれが捨てたのか　忘れたのか
消えかけている名前
悔《くや》しい気持ちのなごりのような
ぎざぎざの歯形《はがた》

こころのかたすみから
傷《きず》ついた鳥の羽風《はかぜ》にも似《に》た

せつなさが浮かびあがってきた
ほこりを払《はら》い　ていねいに削《けず》り
ひと晩だけ休ませてあげようか
ペンケースをゆりかごにして
そして　あしたの朝早《あさはや》く
ベンチへ置《お》きにこようか

いいえ　いいえ
希望《きぼう》の色した黄色いえんぴつよ
見えない強いつばさをつけ
持《も》ち主《ぬし》のところへ飛んでおかえり
まっさらのノートへ新しい言葉《ことば》をきざむために

しっぽ蛙《がえる》

決《き》めなければならない
ただ　ひとつのことに
想《おも》いはからまり
迷《まよ》いは深まるばかり

小川を流れる水を見つめる
水は自《みずか》らの意志《いし》を持ち
まさに泳《およ》いでいる
何《なに》かに向かって

そのとき　目にとび込《こ》んできた

まだのびきっていない後ろ足で
懸命《けんめい》に泳いでゆく
いっぴきの蛙《かえる》

あっ　地上《ちじょう》へ跳《は》ね上がった
後ろ足のまんなかに　まだ残っている
しっぽをつけたまま
この姿《すがた》に蛙の覚悟《かくご》を観《み》た

よし!　決めた
きりりとスタートに立ち
信《しん》じる道を進んでゆこう
ただ　ひたすらに

白いききょう

朝かぜにさそわれて
ぽっかり咲いた
白いききょう
花のまんなかに凛《りん》と立つ蕊《しべ》は
霊《たま》しずめのキャンドル

ふるる　ふるふる
別れの手をふるように
白い花びらはゆれている

去《さ》っていった人たちの
涙《なみだ》をぬぐう小さなハンカチとなって

ちろろ　ちろちろ
しずかにもえる
白い炎《ほのお》のなかに
祈りの声が
かすかにゆらめいて

朝かぜにさそわれ
ぽっかり咲いた
白い　ききょう

花はどの花もみな
朝日《あさひ》に向《む》かって咲いている
残《のこ》された人たちへの
声《こえ》なきメッセージとなって

サーカスの象《ぞう》

トンボの匂《にお》いのする
カーテンのすき間から
ひとつの目だけのぞかせているのは
幼《おさな》い日のわたし
きょうは　あの日の象の話をしに
若草《わかくさ》のなびく野原へ出かけてゆこう

サーカスの象はおじぎをする
太く重い前足を折《お》り曲《ま》げて

拍手《はくしゅ》のまじる笑《わら》いのなか
象のうるんだ眼《め》がやわらかくひかる
陽気《ようき》のただよう　まわりの空気から
なぜか　わたしは遠かった

底知《そこし》れぬ灰色《はいいろ》の皺《しわ》のなかに
ひそんでいる象《ぞう》の哀《かな》しみが迫《せま》ってきた

幼いこころは問《と》いかけてくる
――あのときの言葉《ことば》にならなかった哀しみは
　何《なん》だったの？
――この世にたったひとつの命をいただいて

生《い》きていることの痛《いた》みのような……
今のわたしは小さく答える

野原へふりそそぐ光を浴《あ》び
まぶたに浮かぶあの日の象の
たふたふとゆれる耳をなでよう
生《い》きものが抱《だ》きしめている
まろやかないのちの
ほの明《あ》かりを確《たし》かめたいから

露祭《つゆまつ》り

いちめんに広がる　みどりの稲田《いなだ》
朝日が昇《のぼ》りはじめると
おごそかにながれてくる
光のプロローグ

稲《いね》はいっせいに背のびする
幾万本《いくまんぼん》の葉の先に
さだめられたように宿《やど》している
よろこびの涙《なみだ》にも似《に》た露の玉《たま》
調《しら》べのさざなみにゆれあうと

露は空《そら》を映《うつ》して水色《みずいろ》になり
きらきら　きらめいて
みどりの稲田の露祭り

天をめざした　いのち葉《ば》に
すずやかなすがたで止まっている
生まれたばかりのイトトンボ
風が結《むす》んだレースのリボンとなって

いちめんに広がる　みどりの稲田
露のしずくが消えはじめると
おごそかにながれてくる
光のエピローグ

天使《てんし》の梯子《はしご》

仰《あお》ぎ見る西の空
うすい絹《きぬ》の雲のあいだから
さあっと降《ふ》りそそぐ光の帯《おび》
地上《ちじょう》に棲《す》む生《い》きものたちへ
空がひとときき見せるひかりの伝言《でんごん》

静かに梯子を降《お》りてくるひとりの天使
なぜ飛ばないのだろう
背なかには翼《つばさ》があるというのに

地上に起《お》きる出来事《できごと》を憂《うれ》い
天使の翼は傷《きず》ついてしまったのか

空からの使者《ししゃ》として
神《かみ》のことばを伝えたくても
聴《き》く耳を持つ生きものたちが
今はもうこの地上では
滅《ほろ》びてしまったのか

いいえ　きっと誰《だれ》かに届《とど》いたのだ
それは　今　産声《うぶごえ》をあげた
ひとりの赤ん坊かもしれない

それは　今　森のなかでまばたきをした
いっとうの鹿《しか》かもしれない
天使はたしかな足どりで昇《のぼ》ってゆく
ひかりの梯子を

あとがき

大切な品をしまっている箱から出し、今、私が手にしているのは、二十二年前、出版していただいた詩集『生まれておいで』を読んでくださった千葉県市川市の小学五年生、六年生の児童七十二名から届いた手紙です。

「この本のなかから赤ちゃんの　とくっ　とくっという新しいいのちの音が聞こえてきました。命について、いろんなことを考えるようになりました」と六年生の女の子。

「ミヤマクワガタをおみやげに持ってきてくれる野菜うりのおじいさんの詩が大すきです。ぼくは、こんなおじいさんの作った野菜を食べてみたいです。これからも詩をばんばん作ってください」と五年生の男の子。

子どもたちのこころを育み、導いてくださっている先生のお姿も浮かんできました。そして、この後の詩作に大きな励みとなっていることを、私はあらためて深く感じました。

この子どもたちと同じ年齢のころは、国民学校と呼ばれていた時代でした。私たちは空襲に備え毎日のように校庭で防空訓練をしていました。そのころのことです。通学の道辺に色美しく、きりりとした姿で咲いていたツユ草の花に、はっとさせられ短い言葉で綴りました。

ツユ草の花は歌っているよ／きれいな空をみあげ／青空のうたを歌っているよ／こんな書

き出しでした。古い紙を利用したノートにツユ草の絵をかきリボンでとじ、そっと先生に見ていただいたことがありました。

一文字一文字に赤インクで丸印をつけ、「これは詩ですね」と書いてくださった、このひとことが、どんなにうれしかったことでしょうか。それからです。「詩」という文字に会うたびに胸がときめきました。

そして、詩にあこがれ長い歳月を重ねてきました。子どものころに感じたものたちが、胸のなかで、ふしぎな光を放つことに驚かされます。今日、こころの泉から湧いてくる詩の一行一行は、言葉で描く今日の自画像かもしれないと思うようになりました。どんな小さな作品であろうとも数珠玉のようにつなぎ合わせるならば、自分なりの音色を奏でてくれるのではないかと夢みて、これからも歩んでゆけたならと祈ります。

これまで励ましてくださった多くの子どもたち、導いていただきました諸先生方、支え合ってきた同人のみなさま、まことにありがとうございます。

詩集の出版にあたりまして、やさしく作品をつつみ、美しい彩りを与えてくださいました阿見みどり先生、温かいお力添えをいただきました「銀の鈴社」西野真由美社長さま、柴崎俊子編集長さま、スタッフのみなさまに厚くお礼を申し上げます。

二〇一六年　初夏

成本和子

著者紹介

成本和子（なるもと　かずこ）

1932年　岡山県に生まれる。
日本児童文芸家協会会員。いちばんぼし童話の会代表。

著書　詩集『ねむねむのひつじ』（らくだ出版・1985年）、詩集『生まれておいで』（教育出版センター・1994年）、『成本和子詩集』（てらいんく・2005年）、詩集『りんごあかり』（てらいんく・2010年）など。絵本『むしのびょういん』、『ほしになった　ちいさなきんぎょ』、『ふるふるぼうず』、『くろねこギャッグ』、『にじのエスカレーター』、『はなのホテル』、『しっぽまがりは ほんとにわるい？』、『しっぽまがりは まほうねこ？』、『たんぽぽまつり』、『はてなの のはらへ ごしょうたい』、『フナやドジョウの こえがきこえた』、『おおかみくん すっぽ～ん』、『ねこばんざい』（以上フレーベル館・1974年～2014年）など。

音楽（作詞）　『ねむねむのひつじ』作曲　いけたけし氏。フジテレビ幼児教育番組「ひらけ！ポンキッキ」で放映（1986年）。
混声合唱組曲『蝶 はばたく朝』作曲　森山至貴氏。全曲の楽譜出版・CD制作（教育芸術社・2015年）など

受賞　岡山「しみんのどうわ」最優秀（1977年）、国際児童年記念 幼年童話入選（1979年）、岡山県文学選奨「童話部門」入選（1979年）、岡山県文学選奨「詩部門」入選（1980年）、1982年度岡山市文化奨励賞、1984年度日本童話会奨励賞、1986年度岡山県教育関係功労賞、聖良寛文学賞（2007年）など。

絵・阿見《あみ》みどり

（本名　柴崎　俊子）

1937年長野県飯田生まれ。学齢期は東京自由ヶ丘から疎開し、有明海の海辺の村や、茨城県霞ヶ浦湖畔の阿見町で過ごす。都立白鴎高校を経て、東京女子大学国語科卒業。卒業論文は「万葉集の植物考」。日本画家の長谷川朝風（院展特待）に師事する。神奈川県鎌倉市在住。

NDC911
神奈川　銀の鈴社　2016
95頁　21cm（天使の梯子《はしご》）

ジュニアポエムシリーズ　259　　2016年7月12日発行
本体1,600円＋税

天使《てんし》の梯子《はしご》

著　　者　　詩・成本和子ⓒ　絵・阿見みどりⓒ
発 行 者　　柴崎聡・西野真由美
編集発行　　㈱銀の鈴社 TEL 0467-61-1930　FAX 0467-61-1931
〒248-0005　神奈川県鎌倉市雪ノ下3-8-33
http://www.ginsuzu.com
E-mail info@ginsuzu.com

ISBN978－4－87786－277－0　C8092
落丁・乱丁本はお取り替え致します
印刷　電算印刷
製本　渋谷文泉閣

……ジュニアポエムシリーズ……

1 鈴木敏史詩集 宮下琢郎・絵 星の美しい村 ★☆
2 小池知子詩集 高志孝子・絵 おにわいっぱいぼくのなまえ ★☆
3 鶴岡千代子詩集 武田淑子・絵 白い虹 児文芸新人賞
4 楠木しげお詩集 久保雅勇・絵 カワウソの帽子
5 津坂治男詩集 垣内美穂・絵 大きくなったら ★◇
6 後藤れい子詩集 山本まつ子・絵 あくたれぼうずのかぞえうた
7 北村蔦子詩集 柿本幸造・絵 あかちんらくがき
8 吉田瑞穂詩集 吉田翠・絵 しおまねきと少年 ★〼◎
9 新川和江詩集 葉祥明・絵 野のまつり ★☆
10 阪田寛夫詩集 織茂恭子・絵 夕方のにおい ★◆☆○
11 高田敏子詩集 若山憲・絵 枯れ葉と星 ★☆
12 原田直友詩集 吉田翠・絵 スイッチョの歌 ★◎
13 小林純一詩集 久保雅勇・絵 茂作じいさん ★◉●☆◎
14 谷川俊太郎詩集 長新太・絵 地球へのピクニック ★◎
15 与田準一詩集 深沢省三・深沢紅子・絵 ゆめみることば ★

16 岸田衿子詩集 中谷千代子・絵 だれもいそがない村
17 江間章子詩集 榊原直美・絵 水と風 ◇◎
18 原田直友詩集 小野まり・絵 虹―村の風景― ★
19 福田正夫詩集 福田達夫・絵 星の輝く海 ★☆
20 草野心平詩集 長野ヒデ子・絵 げんげと蛙 ★☆○◇
21 宮田滋子詩集 青木まさる・絵 手紙のおうち ☆○
22 久保田昭三詩集 斎藤彬子・絵 のはらでさきたい
23 鶴岡千代子詩集 加倉井和夫・武田淑子・絵 白いクジャク ★●
24 尾上尚子詩集 まど・みちお・絵 そらいろのビー玉 ★☆ 児文協新人賞
25 水上紅詩集 深沢紅子・絵 私のすばる ☆
26 野呂昶詩集 福島一二三・絵 おとのかだん ★
27 こやま峰子詩集 武田淑子・絵 さんかくじょうぎ ☆
28 青戸かいち詩集 駒宮録郎・絵 ぞうの子だって
29 まきたかし詩集 福田達夫・絵 いつか君の花咲くとき ★☆♡
30 薩摩忠詩集 駒宮録郎・絵 まっかな秋 ★☆♡

31 新川和江詩集 福島一二三・絵 ヤァ!ヤナギの木 ★☆○♡
32 井上靖詩集 駒宮録郎・絵 シリア沙漠の少年 ★☆♡
33 古村徹三 詩・絵 笑いの神さま
34 江上波夫詩集 青空風太郎・絵 ミスター人類 ○☆
35 秋原秀夫詩集 鈴木義治・絵 風の記憶 ★◎
36 水村三千夫詩集 武田淑子・絵 鳩を飛ばす
37 久冨純江詩集 渡辺安芸夫・絵 風車 クッキングポエム
38 日野生三詩集 吉野晃希男・絵 雲のスフィンクス ★
39 佐藤雅子詩集 佐藤太清・広瀬きよみ・絵 五月の風 ★
40 小黒恵子詩集 武田淑子・絵 モンキーパズル ★
41 木村信子詩集 山本典子・絵 でていった
42 中野栄子詩集 吉田翠・絵 風のうた ☆
43 宮田滋子詩集 牧村慶子・絵 絵をかく夕日 ★
44 大久保ティ子詩集 渡辺安芸夫・絵 はたけの詩 ★☆
45 秋原秀夫詩集 赤星亮衛・絵 ちいさなともだち ♥

☆日本図書館協会選定
★全国学校図書館協議会選定(SLA)
□少年詩賞 ■茨城県すいせん図書
○厚生省中央児童福祉審議会すいせん図書
●日本童謡賞 ♧岡山県選定図書
♡日本子どもの本研究会選定
♥秋田県選定図書
♣愛媛県教育会すいせん図書
◇岩手県選定図書
◆京都府選定図書
〼芸術選奨文部大臣賞
◉赤い鳥文学賞 ◆赤い靴賞

…ジュニアポエムシリーズ…

46 日友靖子詩集　藤城清治・安西明美・絵　猫曜日だから　◆☆
47 秋葉てる代詩集　武田淑子・絵　ハーフムーンの夜に　♡
48 こやま峰子詩集　山本省三・絵　はじめのいーっぽ　★♡
49 黒柳啓子詩集　金子滋・絵　砂かけ狐　♡
50 三枝ますみ詩集　武田淑子・絵　ピカソの絵　☆♡●
51 夢虹二詩集　武田淑子・絵　とんぼの中にぼくがいる　♡○♥
52 はたちよしこ詩集　まど・みちお・絵　レモンの車輪　□✧
53 大岡信詩集　葉祥明・絵　朝の頌歌　★☆♡♥◎
54 吉田瑞穂詩集　吉田翠・絵　オホーツク海の月　★☆♡
55 さとう恭子詩集　村上保・絵　銀のしぶき　★☆♡
56 星乃ミミナ詩集　葉祥明・絵　星空の旅人　★☆♡
57 葉祥明詩・絵　ありがとう そよ風　★♡▲
58 青戸かいち詩集　初山滋・絵　双葉と風
59 小野ルミ詩集　和田誠・絵　ゆきふるるん　★☆●♡
60 なぐもはるき詩・絵　たったひとりの読者　★♡✧

61 小関秀夫詩集　小倉玲子・絵　風《かざ》栞《しおり》　★♡♥
62 海沼松世詩集　守下さおり・絵　かげろうのなか　☆♡
63 山本龍生詩集　小倉玲子・絵　春行き一番列車　♡
64 小泉周二詩集　深沢省三・絵　こもりうた　★☆♡
65 かわてせいぞう詩集　若山憲・絵　野原のなかで　♡★♥
66 えぐちまき詩集　赤星亮衛・絵　ぞうのかばん　♡◆♥
67 池田あきつ詩集　小倉玲子・絵　天気雨　♡
68 藤井則行詩集　君島美知子・絵　友へ　♡♤
69 藤哲生詩集　武田淑子・絵　秋いっぱい　★♠
70 日友靖子詩集　深沢紅子・絵　花天使を見ましたか　★
71 吉田瑞穂詩集　吉田翠・絵　はるおのかきの木　★
72 小島禄琅詩集　中村陽子・絵　海を越えた蝶　☆★♥♡
73 にしおまさこ詩集　杉田幸子・絵　あひるの子　★
74 山下竹二詩集　徳田徳志芸・絵　レモンの木　★
75 高崎乃理子詩集　奥山英俊・絵　おかあさんの庭　★♡

76 檜きみこ詩集　広瀬弦・絵　しっぽいっぽん　★●□☆♡
77 たかはしけいこ詩集　高田三郎・絵　おかあさんのにおい　♡♣□
78 星乃ミミナ詩集　深澤邦朗・絵　花かんむり　♥☆♡
79 佐藤照雄詩集　津波信久・絵　沖縄 風と少年　☆♡★
80 相馬梅子詩集　やなせたかし・絵　真珠のように　♥★
81 小島禄琅詩集　深沢紅子・絵　地球がすきだ　★
82 鈴木美智子詩集　黒澤梧郎・絵　龍のとぶ村　◇★♥
83 いがらしれいこ詩集　高田三郎・絵　小さなてのひら　☆
84 宮入黎子詩集　小倉玲子・絵　春のトランペット　☆★
85 下田喜久美詩集　方振寧・絵　ルビーの空気をすいました　☆
86 野呂昶詩集　方振寧・絵　銀の矢ふれふれ　★
87 ちよはらまちこ詩集　ちよはらまちこ・絵　パリパリサラダ　★
88 秋原秀夫詩集　徳田徳志芸・絵　地球のうた　☆★
89 中島あやこ詩集　井上緑・絵　もうひとつの部屋　★
90 藤川こうのすけ詩集　葉祥明・絵　こころインデックス　☆

✲サトウハチロー賞　✢毎日童謡賞　♠奈良県教育研究会すいせん図書
◌三木露風賞　✧北海道選定図書　✿三越左千夫少年詩賞
♤福井県すいせん図書　⊕静岡県すいせん図書
▲神奈川県児童福祉審議会推薦優良図書　◎学校図書館図書整備協会選定図書（SLBA）

…ジュニアポエムシリーズ…

- 91 新井 和詩集 高田 三郎・絵 おばあちゃんの手紙 ☆★
- 92 はなわたえこ詩集 えばとかつこ・絵 みずたまりのへんじ ★●
- 93 柏木恵美子詩集 武田 淑子・絵 花のなかの先生 ☆
- 94 中原千津子詩集 寺内 直美・絵 鳩への手紙 ★
- 95 高瀬美代子詩集 小倉 玲子・絵 仲なおり ★
- 96 杉本深由起詩集 若山 憲・絵 トマトのきぶん ☆★◎ 児文芸新人賞
- 97 宍倉さとし詩集 守下さおり・絵 海は青いとはかぎらない ✿
- 98 石井 英行詩集 有賀 忍・絵 おじいちゃんの友だち ■
- 99 なかのひろ詩集 アサト・シェラ・絵 とうさんのラブレター ☆★
- 100 小松 静江詩集 藤川 秀之・絵 古自転車のバットマン
- 101 石原 一輝詩集 加藤 真夢・絵 空になりたい ☆✧★
- 102 小泉 周二詩集 西 真里子・絵 誕生日の朝 ☆■★
- 103 くすのきしげのり童謡 わたなべあきお・絵 いちにのさんかんび ☆★
- 104 成本 和子詩集 小倉 玲子・絵 生まれておいで ☆★♡✿✧
- 105 伊藤 政弘詩集 小倉 玲子・絵 心のかたちをした化石 ★
- 106 川崎 洋子詩集 井戸 妙子・絵 ハンカチの木 □★☆
- 107 柘植 愛子詩集 油野 誠一・絵 はずかしがりやのコジュケイ ✧
- 108 新谷智恵子詩集 葉 祥明・絵 風をください ☆●♡✢
- 109 金親 尚子詩集 牧 進・絵 あたたかな大地 ☆
- 110 黒柳 啓子詩集 吉田 翠・絵 父ちゃんの足音 ☆★♡□
- 111 富田 栄子詩集 油野 誠一・絵 にんじん笛 ♡☆
- 112 原 国子詩集 高畠 純・絵 ゆうべのうちに ☆
- 113 宇部 京子詩集 スズキコージ・絵 よいお天気の日に ○□●☆◇★
- 114 武鹿 悦子詩集 牧野 鈴子・絵 お花見 ☆□
- 115 山本なおこ詩集 梅田 俊作・絵 さりさりと雪の降る日 ☆★
- 116 小林比呂古詩集 おおた慶文・絵 ねこのみち ☆
- 117 後藤れい子詩集 渡辺あきお・絵 どろんこアイスクリーム ☆
- 118 重清 良吉詩集 高田 三郎・絵 草の上 ☆□◆★
- 119 宮中 雲子詩集 西 真里子・絵 どんな音がするでしょか ✲★
- 120 前山 敬子詩集 若山 憲・絵 のんびりくらげ ☆★
- 121 川端 律子詩集 若山 憲・絵 地球の星の上で ♡
- 122 たかはしけいこ詩集 織茂 恭子・絵 とうちゃん ♡★♣
- 123 宮田 滋子詩集 深澤 邦朗・絵 星の家族 ☆●
- 124 国沢たまき詩集 唐沢 静・絵 新しい空がある
- 125 池田あきつ詩集 小倉 玲子・絵 かえるの国 ★
- 126 黒田 恵子詩集 倉島千賀子・絵 ボクのすきなおばあちゃん ☆★♡
- 127 垣内 磯子詩集 宮崎 照代・絵 よなかのしまうまバス ☆♡★
- 128 小泉 周二詩集 佐藤 平八・絵 太陽へ ☆♡★●
- 129 中島 和子詩集 秋里 信子・絵 青い地球としゃぼんだま ☆★
- 130 のろさかん詩集 福島一二三・絵 天のたて琴 ☆
- 131 加藤 丈夫詩集 葉 祥明・絵 ただ今 受信中 ☆★
- 132 北原 悠子詩集 深沢 紅子・絵 あなたがいるから ♡
- 133 池田もと子詩集 小倉 玲子・絵 おんぷになって ♡
- 134 鈴木 初江詩集 吉田 翠・絵 はねだしの百合 ★
- 135 垣内 磯子詩集 今井 俊・絵 かなしいときには ★

△長野県教育委員会すいせん図書　✡㈶日本動物愛護協会推薦図書
◈茨城県推奨図書

…ジュニアポエムシリーズ…

136 秋葉てる代詩集 やなせたかし・絵 おかしのすきな魔法使い ●★

137 青戸かいち詩集 永田萠・絵 小さなさようなら ✿★

138 柏木恵美子詩集 高田三郎・絵 雨のシロホン ♡★

139 藤井則行詩集 阿見みどり・絵 春だから ♡★◎

140 黒田勲子詩集 山中冬二・絵 いのちのみちを

141 南郷芳明詩集 的場豊子・絵 花時計

142 やなせたかし詩・絵 生きているってふしぎだな

143 内田麟太郎詩集 斎藤隆夫・絵 うみがわらっている

144 しまざきふみ詩集 島崎奈緒・絵 こねこのゆめ ♡

145 糸永えつこ詩集 武井武雄・絵 ふしぎの部屋から ♡

146 石坂きみこ詩集 鈴木英二・絵 風の中へ ♡

147 坂本のこ詩集 坂本こう・絵 ぼくの居場所 ♡

148 島村木綿子詩・絵 森のたまご ✿

149 楠木しげお詩集 わたせせいぞう・絵 まみちゃんのネコ ★

150 牛尾良子詩集 上矢津・絵 おかあさんの気持ち ♡

151 三越左千夫詩集 阿見みどり・絵 せかいでいちばん大きなかがみ ★

152 水村三千夫詩集 高見八重子・絵 月と子ねずみ

153 川越文子詩集 横松桃子・絵 ぼくの一歩ふしぎだね ★

154 すずきゆかり詩集 葉祥明・絵 まっすぐ空へ

155 西田純詩集 葉祥明・絵 木の声 水の声

156 清野倭文子詩集 水科舞・絵 ちいさな秘《ひ》密《みつ》

157 川奈静詩集 直江みちる・絵 浜ひるがおはパラボラアンテナ ★◎

158 若木良水詩集 西真里子・絵 光と風の中で

159 牧陽子詩集 渡辺あきお・絵 ねこの詩 ★◎

160 宮田滋子詩集 阿見みどり・絵 愛一輪 ★◎

161 井上灯美子詩集 唐沢静・絵 ことばのくさり ☆●

162 滝波万理子詩集 滝波裕子・絵 みんな王《おう》様《さま》 ★●

163 冨岡みち詩集 関口コオ・絵 かぞえられへんせんぞさん ★

164 垣内磯子詩集 辻恵子・切り絵 緑色のライオン ★◎

165 すぎもとれいこ詩集 平井辰夫・絵 ちょっといいことあったとき ★

166 岡田喜代子詩集 おぐらひろかず・絵 千年の音 ★☆◎

167 川奈静詩集 直江みちる・絵 ひもの屋さんの空 ★◎☆♥♡

168 鶴岡千代子詩集 武田淑子・絵 白い花火 ★☆

169 井上灯美子詩集 唐沢静・絵 ちいさい空をノックノック ★◎☆

170 尾崎杏子詩集 ひなた山すじゅう郎・絵 海辺のほいくえん ☆♡★◎

171 柘植愛子詩集 やなせたかし・絵 たんぽぽ線路 ☆♡★◎●

172 小林比呂古詩集 うめざわのりお・絵 横須賀スケッチ ☆★◎♡▲

173 林佐知子詩集 串田敦子・絵 きょうという日 ☆★◎♡▲

174 後藤基宗子詩集 岡澤由紀子・絵 風とあくしゅ ☆♥★◎♡

175 土屋律子詩集 高瀬のぶえ・絵 るすばんカレー ☆♡★◎▲

176 三輪アイ子詩集 深沢邦朗・絵 かたぐるましてよ ★☆♡

177 田辺瑞美子詩集 西真里子・絵 地球賛歌 ☆★◎

178 髙瀬美代子詩集 小倉玲子・絵 オカリナを吹く少女 ☆♡

179 中野惠子詩集 串田敦子・絵 コロポックルでておいで ★♡☆●

180 松井節子詩集 阿見みどり・絵 風が遊びにきている ★☆♡▲

…ジュニアポエムシリーズ…

No.	著者	書名	印
181	新谷智恵子詩集 徳田徳志芸・絵	とびたいペンギン	佐世保文学賞 ♡★◎▲
182	牛尾良子詩集 牛尾征治・写真	庭のおしゃべり	♡★◎
183	三枝ますみ詩集 髙見八重子・絵	サバンナの子守歌	☆★
184	佐藤雅子詩集 佐藤太清 菊池治子・絵	空の牧《まき》場《ば》	☆★♡■◎◈
185	山内弘子詩集 おぐらひろかず・絵	思い出のポケット	♡★●
186	山内弘子詩集 阿見みどり・絵	花の旅人	♡★▲
187	原国子詩集 牧野鈴子・絵	小鳥のしらせ	♡★△◎
188	人見敬子 詩・絵	方《はこ》舟《ぶね》地球号 ―いのちは元気―	♡★◎
189	林佐知子詩集 串田敦子・絵	天にまっすぐ	★☆♡◎
190	小臣富子詩集 渡辺あきお・絵	わんさかわんさかどうぶつさん	✡♡★◎
191	川越文子詩集 かまだちえみ・写真	もうすぐだからね	♡★◎
192	永田喜久男詩集 武田淑子・絵	はんぶんごっこ	☆★◎♡
193	吉田房子詩集 大和田明代・絵	大地はすごい	★◎♡
194	石井春香詩集 髙見八重子・絵	人魚の祈り	★♡
195	石原一輝詩集 小倉玲子・絵	雲のひるね	♡
196	たかはしけいこ詩集 髙橋敏彦・絵	そのあと　ひとは	★
197	宮田滋子詩集 おおた慶文・絵	風がふく日のお星さま	★♡◎
198	渡辺恵美子詩集 つるみゆき・絵	空をひとりじめ	★♡●
199	宮中雲子詩集 西真里子・絵	手と手のうた	★
200	杉本深由起詩集 太田大八・絵	漢字のかんじ	★♡✿
201	井上灯美子詩集 唐沢静・絵	心の窓が目だったら	★♡
202	峰松晶子詩集 おおた慶文・絵	きばなコスモスの道	★♡
203	高橋文子詩集 山中桃子・絵	八丈太鼓	★♡
204	長野貴子詩集 武田淑子・絵	星座の散歩	★♡
205	江口正子詩集 髙見八重子・絵	水の勇気	♡☆★
206	藤本美智子 詩・絵	緑のふんすい	☆♡★
207	林佐知子詩集 串田敦子・絵	春はどどど	♡★◎
208	小関秀夫詩集 阿見みどり・絵	風のほとり	☆♡★
209	宗美津子詩集 宗信寛・絵	きたのもりのシマフクロウ	♡★
210	かわてせいぞう詩集 髙橋敏彦・絵	流れのある風景	☆♡★
211	土屋律子詩集 高瀬のぶえ・絵	ただいまぁ	★♡☆◎
212	永田喜久男詩集 武田淑子・絵	かえっておいで	☆♡★
213	みたみちこ詩集 牧進・絵	いのちの色	♡★
214	糸永えつこ詩集 糸永わかこ・絵	母です 息子です おかまいなく	♡☆★
215	宮田滋子詩集 武田淑子・絵	さくらが走る	♡☆★●
216	柏木恵美子詩集 吉野晃希男・絵	ひとりぼっちの子クジラ	♡★◎
217	江口正子詩集 髙見八重子・絵	小さな勇気	♡☆★
218	井上灯美子詩集 唐沢静・絵	いろのエンゼル	★♡
219	中島あやこ詩集 日向山寿十郎・絵	駅伝競走	★☆♡
220	高橋孝治詩集 髙見八重子・絵	空の道　心の道	★♡
221	江口正子詩集 日向山寿十郎・絵	勇気の子	♡☆★
222	宮田滋子詩集 牧野鈴子・絵	白鳥よ	☆★
223	井上良子詩集 銅版画	太陽の指環	★
224	川越文子詩集 山中桃子・絵	魔法のことば	♡☆★
225	西本みさこ詩集 上司かのん・絵	いつもいっしょ	☆♡

…ジュニアポエムシリーズ…

226 おばらいちこ詩集 髙見八重子・絵　ぞうのジャンボ ☆★♡
227 吉田房子詩集 本田あまね・絵　まわしてみたい石臼 ★♡
228 吉田房子詩集 阿見みどり・絵　花　詩　集 ★♡◎
229 田中たみ子詩集 唐沢静・絵　へこたれんよ ★◎
230 林佐知子詩集 串田敦子・絵　この空につながる ★♡
231 藤本美智子 詩・絵　心のふうせん ★♡
232 火星雅範詩集 西川律子・絵　ささぶねうかべたよ ★♡▲
233 吉田房子詩集 岸田歌子・絵　ゆりかごのうた ★♡
234 むらかみみちこ詩集 むらかみみちこ むらかみあくる・絵　風のゆうびんやさん ★♡
235 白谷玲花詩集 阿見みどり・絵　柳川白秋めぐりの詩 ★♡
236 ほさかとしこ詩集 内山つとむ・絵　神さまと小鳥 ★☆♡
237 内田麟太郎詩集 長野ヒデ子・絵　まぜごはん ♡☆★◎
238 小林比呂古詩集 出口雄大・絵　きりりと一直線 ♡★
239 牛尾良子詩集 おぐらひろかず・絵　うしの土鈴とうさぎの土鈴 ★◎♡
240 山本純子詩集 ルイコ・絵　ふ　ふ　ふ ◎★♡☆

241 神田亮 詩・絵　天使の翼 ★☆♡
242 かんざわみえ詩集 阿見みどり・絵　子供の心大人の心さ迷いながら ☆★◎
243 永田喜久男詩集 内山つとむ・絵　つながっていく ★☆♡
244 浜野木碧 詩・絵　海原散歩 ♡☆★◎
245 やまうち・しゅうへい詩集 山本省三・絵　風のおくりもの ♡☆★◎
246 すぎもとれいこ 詩・絵　てんきになあれ ★
247 冨岡みち詩集 加藤真夢・絵　地球は家族 ひとつだよ ♡☆
248 北野千賀詩集 滝波裕子・絵　花束のように ♡☆★
249 石原一輝詩集 加藤真夢・絵　ぼくらのうた ♡★
250 土屋律子詩集 高瀬のぶえ・絵　まほうのくつ ♡☆
251 津坂治男詩集 井上良子・絵　白い太陽 ☆♡
252 石井英行詩集 よしだちなつ・表紙絵　野原くん ☆★♡
253 井上灯美子詩集 唐沢静・絵　たからもの ☆♡
254 大竹典子詩集 加藤真夢・絵　おたんじょう ☆
255 たかはしけいこ詩集 織茂恭子・絵　流れ星

256 谷川俊太郎詩集 下田昌克・絵　そして
257 なんば・みちこ詩集 布下満・絵　トックントックン大空で大地で
258 宮本美智子詩集 阿見みどり・絵　夢の中にそっと
259 成本和子詩集 阿見みどり・絵　天使の梯子

＊刊行の順番はシリーズ番号と異なる場合があります。

ジュニアポエムシリーズは、子どもにもわかる言葉で真実の世界をうたう個人詩集のシリーズです。

本シリーズからは、毎回多くの作品が教科書等の掲載詩に選ばれており、1974年以来、全国の小・中学校の図書館や公共図書館等で、長く、広く、読み継がれています。

心を育むポエムの世界。

一人でも多くの子どもや大人に豊かなポエムの世界が届くよう、ジュニアポエムシリーズはこれからも小さな灯をともし続けて参ります。

銀の小箱シリーズ

- 葉 祥明 詩・絵　小さな庭
- 若山 憲 詩・絵　白い煙突
- こばやしひろこ・詩　うめざわのりお・絵　みんななかよし
- 江口 正子・詩　油野 誠一・絵　みてみたい
- やなせたかし 詩・絵　あこがれよなかよくしよう
- 冨岡 みち・詩　関口 コオ・絵　ないしょやで
- 小林比呂古・詩　神谷 健雄・絵　花かたみ
- 小泉 周二・詩　辻 友紀子・絵　誕生日・おめでとう
- 柏原 耿子・詩　阿見みどり・絵　アハハ・ウフフ・オホホ★♡▲
- こばやしひろこ・詩　うめざわのりお・絵　ジャムパンみたいなお月さま★

すずのねえほん

- たかはしけいこ・詩　中釜浩一郎・絵　わたし★◎
- 尾上 尚子・詩　小倉 玲子・絵　ぽわぽわん
- 糸永えつこ・詩　高見八重子・絵　はるなつあきふゆもうひとつ★ 児文芸新人賞
- 山口 敦子・詩　高橋 宏幸・絵　ばあばとあそぼう
- あらい・まさはる・童謡　しのはらはれみ・絵　けさいちばんのおはようさん
- 佐藤 雅子・詩　佐藤 太清・絵　こもりうたのように● 日本童謡賞　美しい日本の12ヵ月
- 柏木 隆雄・詩　やなせたかし他・絵　かんさつ日記★♡

アンソロジー

- 渡辺 浦人・編　村上 保・絵　赤い鳥 青い鳥●
- わたげの会・編　渡辺あきお・絵　花ひらく★
- 木曜会・編　西 真里子・絵　いまも星はでている★
- 木曜会・編　西 真里子・絵　いったりきたり♡
- 木曜会・編　西 真里子・絵　宇宙からのメッセージ
- 木曜会・編　西 真里子・絵　地球のキャッチボール★◎
- 木曜会・編　西 真里子・絵　おにぎりとんがった☆★◎
- 木曜会・編　西 真里子・絵　みぃーつけた♡★◎
- 木曜会・編　西 真里子・絵　ドキドキがとまらない
- 木曜会・編　西 真里子・絵　神さまのお通り★
- 木曜会・編　西 真里子・絵　公園の日だまりで★♡
- 木曜会・編　西 真里子・絵　ねこがのびをする

掌の本　アンソロジー

- こころの詩 I
- しぜんの詩 I
- いのちの詩 I
- ありがとうの詩 I
- 詩集 希望
- 詩集 家族
- いのちの詩集―いきものと野菜
- ことばの詩集―方言と手紙
- 詩集―夢・おめでとう
- 詩集―ふるさと・旅立ち

心に残る本を　そっとポケットに　しのばせて…
・A7判（文庫本の半分サイズ）　・上製、箔押し